Chatbox leugens

D0996271

Tais Teng

Chatbox leugens

Tekeningen van
René van Halderen

Zwijsen

Vormgeving: Rob Galema

Toegekend door KPC Groep te 's-Hertogenbosch

1e druk 2004

ISBN 90.276.7673.9
NUR 286

© 2004 Tekst: Tais Teng
Illustraties: René van Halderen
Uitgeverij Zwijsen Algemeen B.V. Tilburg

Voor België:
Zwijsen-Infoboek, Meerhout
D/2004/1919/204

Inhoud

1. Zo stom ben ik heus niet!   7
2. Geef me je e-mailadres   13
3. Het geheime nummer   17
4. Natuurlijk ga ik met je mee   21
5. De afspraak   24
6. Ina's ogen, Shakira's haar   28
7. Jij bent van mij   32
8. Ik ga dezelfde kant uit als jij   35
9. Jij bent mijn enige echte kind   39
10. De lift   43
11. Wc-brieven   47
12. We zullen uw huis bewaken   51

1. Zo stom ben ik heus niet!

Jef knalt de keukendeur achter zich dicht. De vieze kopjes op het aanrecht rinkelen mee.
'Is er iets?' vraagt zijn moeder uit de huiskamer.
'Nee, niks,' zegt Jef.
Hij gaat haar heus niet over Ina vertellen. Het gaat haar niets aan dat Ina het uitgemaakt heeft. Alleen omdat hij haar niet voor het schoolfeest gevraagd had. Jef was dat domme feest gewoon straal vergeten. Dat kan iedereen toch overkomen?
Hij wordt weer razend bij de herinnering.

'Maar waarom zei jij dan niks?' had hij aan Ina gevraagd. 'Jij wilde toch met mij naar het schoolfeest?'
'Eerst wel,' zei die trut. Met zo'n vals glimlachje.
'Nou dan?'
'Een jongen moet een meisje vragen,' zei Ina.
'Anders telt het niet. Ik denk dat ik nu maar met Erik van der Hoeve ga.'
'O nee, niet die stomme Erik!'
Als Jef iemand haat, is het Erik wel. Het is al erg genoeg dat hij samen met Erik in de klas zit. Nu pikt Erik zijn vriendin nog in ook!

'Begin je op tijd aan je huiswerk?' zeurt zijn moeder.
'Ja, echt wel,' zegt Jef.
Hij zet de computer aan. Misschien helpt een

spelletje? Of even internet op?

'Er zitten soms van die rare lui op internet,' zegt zijn moeder. 'Denk je erom dat je nooit ons e-mailadres geeft? Of het nummer van je eigen telefoon?'

'Ja hoor,' zucht Jef.

Voor hij het weet, tikt hij haar naam in. Ina van Haalen. Ina heeft een eigen site: www.inavh.nl 'Hoi, ik ben Ina!!!' staat er boven haar portret. Ze heft haar hand op en wuift. Daarna komt een lijst met de muziek die Ina het mooist vindt. Jennifer Lopez is niet meteen Jefs smaak. Toch luistert hij altijd braaf mee als Ina het opzet. Als Ina het mooi vindt, kan het toch niet helemaal waardeloos zijn? DE INA'S LEKKER ETEN top-10 volgt. Op nummer een staat: Thaise biefreepjes in een holle ananas. Jef heeft nog nooit Thaise biefreepjes geproefd. Het smaakt vast heerlijk. Vooral als je het samen met Ina eet ... Jef leunt naar voren en slaakt een diepe zucht. Ina kijkt hem op die foto zo vreselijk lief aan. Alsof ze dolblij is hem te zien.

'Dat is je vriendin toch?' zegt zijn moeder vlak achter hem. 'Leuk dat ze een eigen site heeft.'

Shit, waarom komt ze ook altijd zo aansluipen? Hij klikt Ina's foto haastig weg.

'Dat vriendin valt wel mee,' zegt hij. 'We maken soms samen huiswerk. Daarom is Ina mijn vriendin nog niet.'

'Oh,' zegt zijn moeder. 'Jullie hebben ruzie.'

Geen Ina meer! besluit hij. Ik kap ermee! Laat ze
maar met Erik trouwen en negen kinderen krijgen!
Negen huilende baby's die hun hele villa
volpoepen. Ik wil ergens heen waar niemand mij
kent. Mij of Ina. Waar ik kan zijn wie ik maar wil.

Jefs ouders vinden chatten maar onzin.
'Wie wil er nu praten met een wildvreemde?' zei
zijn vader. 'Iemand die niet eens zijn eigen naam
gebruikt?'
Ouders snappen zulke dingen niet. Een geheime
naam is juist cool. Je kunt zeggen dat je een
Griekse gangster bent. Van twintig jaar, met een
houten been en een eigen vliegtuig. En wel twáálf
vriendinnen. Of nee, maak daar maar twee van.
Anders gelooft niemand je.
De site heet KLETS MAAR RAAK. Behalve chatten
kun je er ook beltonen voor je mobieltje ophalen.
De site begint met: MIJN NAAM IS …
Jef aarzelt maar een moment. Snel typt hij: ERIK
VAN DER HOEVE.
Jij pikte mijn vriendin in, denkt hij. Nu, dan jat ik
mooi jouw naam. Vandaag ben ik Erik. Eigen
schuld. Bovendien krijgt hij Ina zo een beetje
terug. Het is onzin, maar zo voelt het toch.
Op het scherm knipperen felle, rode letters. VUL
DEZE LIJST IS VOOR GRATIS TIKKEN!
Zie je wel? Alles komt goed.
'Dat domme gechat kost ons veel te veel geld!'
klaagde zijn moeder pas nog. 'Internet is gratis,
Jef, maar de telefoon niet. Die tikt lekker door.'

Even een lijstje invullen en ik kan zolang chatten als ik wil. Mooi, mijn naam staat al boven het lijstje. Mijn valse naam dan. Nu mijn geboortedatum nog. Waar dat nu weer goed voor is?

HAAT JE SPRUITJES? is de eerste vraag. Jef klikt op NEE. Jef is vast de enige in de klas die spruitjes heerlijk vindt.

Een beetje rare lijst is het wel.

WAT DOE JE LIEVER:

A: HET GELD VAN JE BUURMAN TELLEN.

B: EEN KNUTSEL UIT OUDE MELKKARTONS MAKEN?

Hij kiest B. Jef haat knutsels. Vooral als je ze uit oude troep moet maken. Maar A is erger. Wedden dat hij later Erik als buurman krijgt? Jef gaat echt Eriks geld niet zitten tellen!

Vanaf nummer zestien gaan de vragen ineens allemaal over meisjes. Vind je steil haar of krullen het leukst? Mag je vriendin langer zijn dan jij? Ina is net iets langer dan Jef. Hij kiest BESLIST KORTER uit.

Daarna gaat het door over haar smaak. WELKE MUZIEK MOET EEN MEISJE LEUK VINDEN?

Jef vult de hele lijst in. Mooi dat Jennifer Lopez er niet bij staat.

WAT IS DE MOOISTE NAAM VOOR EEN MEISJE. VUL ER TWINTIG IN. Ina blijft natuurlijk de mooiste naam. Hij zet Shakira bovenaan, hoewel hij haar eigenlijk veel te oud vind. Ina komt helemaal onderaan, op de twintigste plaats.

Na dertig vragen is hij door de lijst heen. Jef vindt het bijna jammer. Een vriendin verzinnen die helemaal klopt, is heerlijk. Niet dat zulke vriendinnen in het echt bestaan. Je vindt nergens een meisje dat nooit boos wordt of zeurt. Misschien zou ze zelfs nogal saai zijn.

BEDANKT, ERIK VAN DER HOEVE, komt op het scherm. JE HEBT EEN UUR TIKKEN VERDIEND.

'Blijf je niet te lang achter de computer zitten?' zegt zijn moeder.

'Het is vandaag gratis!' roept hij terug.

'Dat valt dan weer mee. Geen nummers doorgeven, hè?'

'Zo stom ben ik heus niet.'

2. Geef me je e-mailadres

Op de site moet Jef eerst kiezen hoe hij wil chatten. Je hebt KLEINE KWEK en GROTE KWEK. Bij KLEINE KWEK praat je met z'n tweeën. Niemand kan verder meelezen. Bij GROTE KWEK kan iedereen op het scherm zien wat je typt. Jef kiest KLEINE KWEK. Het gaat de rest geen donder aan wat hij opschrijft.

Langs de rand van de site staan de namen van de deelnemers. Naast ongeveer een kwart staat ook een foto. Al is het afwachten of die foto's echt zijn. De meeste namen zien er erg bedacht uit. Niemand heet HERBERT DE HULK of LADY ORISSA VAN DE BLEKE GRAFTOMBE. 'Erik van der Hoeve' gelooft iedereen natuurlijk wel. Zo'n stomme naam verzint toch geen mens?

Halverwege de lijst vindt hij de naam SHAKIIRA. Dat meisje heeft vast een 'i' te veel getypt, denkt Jef. Doet er niet toe. SHAKIRA stond boven aan mijn lijstje met de mooiste namen. Of eigenlijk Eriks lijstje. Laat ik maar eens op SHAKIIRA klikken.

Midden in het scherm verschijnen prompt twee hokjes. Alles wat SHAKIIRA en hij schrijven, kunnen alleen zij tweeën lezen.

'Dag Erik,' schrijft Shakiira, 'jij zit vast al in de hoogste klas.'

Was het maar waar, denkt Jef.

'Bijna goed,' typt hij. 'Ik zit één klas lager.' Hij gaat Shakiira niet vertellen dat hij nog in de brugklas zit. Dan kan hij het verder wel schudden. 'Ik ben veertien,' schrijft Shakiira. 'Ik ben dol op spruitjes. Mijn favoriete muziek is van Broken Arrow.'

Jef staart naar het scherm. Een meisje dat van Broken Arrow houdt! Bijna niemand kent die popgroep. Ina heeft een keer naar hun beste rap-cd geluisterd. Ze hield het niet langer dan een half nummer uit.
'Wat een rotherrie!' zei ze. 'Het lijkt wel of hun zangeres een hete kikker heeft ingeslikt!'
'Je gelooft het vast niet,' typt hij. 'Ik ben ook gek op spruitjes en Broken Arrow.'
'Dat geloof ik ook niet,' antwoordt ze. 'Hoe heet het eerste nummer van hun cd Crazy Clown dan?'
'Dat is een makkelijke. "Kick me": geef me een schop tegen mijn kont.'
'Dit is echt megacool,' zegt Shakiira. 'Ik dacht dat ik hun enige fan was. Heb je hun derde cd? Die is bijna nergens te koop.'

Shakiira heeft ook op waterpolo gezeten. Net als hij is ze gestopt toen ze last van haar ogen kreeg.
'Ik geloof niet dat je bestaat,' zegt Shakiira. 'De computer heeft je verzonnen. Je bent te mooi om waar te zijn.'
'Ik besta echt,' zegt Jef. Hij voelt zich zo sterk als een reus en minstens zestien. 'Heet je heus

Shakira?'
'Natuurlijk niet! Ik heb zomaar wat ingevuld. Mijn echte naam vertel ik niet zomaar. Ik heet Ilse.'

De naam had niet op Jefs lijstje gestaan. Toch vindt hij Ilse meteen prachtig. Het is even kort als Ina, maar klinkt vreemder. Een prinses zou Ilse kunnen heten. Niet zo'n trut op glazen muiltjes. Nee, zo'n dame met een zwaard en een ketting van drakentanden.
'Geef me je e-mail,' zegt Ilse. 'Dan stuur ik je mijn foto.'
Oei, denkt Jef, dat wordt een probleem. Laat ik de waarheid maar vertellen.
'Mijn vader vermoordt me als ik ons e-mailadres geef. De laatste keer dat ik het deed, ging het mis. Toen kregen we ineens driehonderd e-mails per dag. Allemaal reclame. Mijn vader moest een nieuw adres vragen.'
'Het maakt niet uit. Ik kan een foto naar deze site sturen. Wacht even. Komt ie.'
Naast de naam SHAKIIRA verschijnt een foto.
'Zie je mij?'
'Ja.'
Jef klikt meteen op de foto. Het gezicht vult een kwart van het scherm.

Ilse is bijna te mooi om waar te zijn. Ze heeft net zulke groene ogen als Ina. Haar lange haar zit even woest als bij de echte Shakira. Alleen is het niet blond, maar donkerbruin. Een veel mooiere kleur,

15

vindt Jef. Ilse ziet er jonger uit dan veertien. Iets
jonger dan hij zelfs. Gelukkig maar, denkt Jef.
Oudere meisjes willen dat je je voor hen uitslooft.
Maar zodra je dat doet, lachen ze je doodleuk uit.
'Shit,' zegt Ilse, 'ik moet zo kappen. Nog
hoogstens een minuut. Ik mag maar een half uur
per dag internetten. Zie ik je morgen weer?'
'Ja graag. Ik ...'
De naam SHAKIIRA knipt uit. Haar verbinding is
verbroken.

3. Het geheime nummer

Ik ben een oen, denkt Jef. Ik had haar ons e-mailadres moeten geven. Of in elk geval het nummer
van mijn eigen mobieltje. Stel je voor dat ze
morgen niet mag chatten? Dan vinden we elkaar
nooit meer terug!
Gelukkig staat Ilses foto nog steeds op het scherm.
Jef maakt een afdruk voordat er iets mis kan gaan.
Hij grist hem uit de printer voor de inkt goed en
wel droog is. Wat een prachtige ogen, denkt hij.
Groene ogen en toch van Broken Arrow houden.
Ik had nooit gedacht dat zoiets kon.
'Hé Jef!' roept zijn oudere zus. 'Ina belde me net
op mijn mobieltje. Je had je eigen zeker uit staan.'
'Wat zei ze?' Jef is Ilse meteen vergeten.
'Niks. Ze zou je later nog wel bellen.'
Ze heeft er natuurlijk spijt van dat ze zo gemeen
deed, denkt Jef. Stom dat ik zat te chatten.
Daardoor was onze gewone telefoon ook al bezet.
Hij zet vlug zijn mobieltje aan. De bel gaat over,
zodra het scherm oplicht.
'Hallo?' Hij schreeuwt bijna.
'Met wie spreek ik?' Het is Ina's stem niet.
Jammer.
'Met Jef.
Jef Brons.'
'Mooi. Dat wilde ik even weten.' Een klik.
Waar sloeg dit nu weer op? denkt Jef. Dat wilde ik
even weten? En die stem klonk zo raar. Een beetje

vlak. Het soort stem dat je krijgt als een computer je antwoord geeft.

Hij roept het nummer op. Jefs mobieltje onthoudt het nummer van elke beller. '+31 00 0000000,' staat er bij het laatste gesprek. +31 geeft aan dat het in Nederland is. De rest is het echte nummer. Alleen bestaat geen enkel nummer uit enkel nullen. Het moet een geheim nummer zijn, besluit hij.

Onder aan de lijst ziet hij dat Ina al drie keer heeft gebeld. Ze wil me echt graag spreken, denkt hij. Ik ga niet flauw doen. Ik bel haar gewoon zelf terug.

Ina neemt bij de eerst rinkel op.

'Hoi, Jef,' zegt ze.

'Je had mij gebeld,' zegt Jef.

'Ja.' Het blijft even stil. 'Ik meende het niet zo. Al blijft het dom dat je het feest vergat. Oliedom.'

Ze is niet boos meer! denkt Jef.

'Bedoel je dat je toch met mij gaat? Naar het schoolfeest?'

'Nou nee. Ik heb het al aan Erik beloofd. Dat kan ik niet zomaar afbellen. Bovendien heeft hij zulke mooie kostuums voor ons! Erik gaat als cowboy. Ik ben zo'n danseres. Weet je, net als in Lucky Luke? Ik heb een heel kort rokje aan en heel hoge laarzen. Hij vond zelfs zo'n pistooltje van zilver voor me!'

Jef kan het veel te goed voor zich zien. Ina als zo'n sexy danseres. Zonder Erik had hij het prachtig gevonden.

'Ik hoop dat jullie een boel plezier hebben,' zegt hij. Jef verbreekt de verbinding. Die valse rotmeid! Uitschelden helpt helaas niet. Dan praat Ina nooit meer met hem.

Zijn blik valt op de foto. Jef begint te grijnzen. Ina is niet het enige meisje dat hij kent. Jef is benieuwd wat voor gezicht Ina zaterdag opzet. Ha, straks danst hij daar met een gloednieuw meisje. Terwijl Ina vastzit aan die duffe Erik! Hij neemt de foto op. Ilse is trouwens een stuk mooier dan Ina, denkt hij. Ze hebben bijna dezelfde ogen, maar Ilses haar zit leuker. Ik nodig Ilse morgen uit voor het feest. Zodra ze komt chatten.

4. Natuurlijk ga ik met je mee

De volgende dag blijft Jef in de pauzes op de wc
zitten. Hij heeft beslist geen zin om Ina tegen te
komen. Erik uit de weg gaan is minder eenvoudig.
Dat stuk ongeluk zit bij hem in de klas.
'Je vindt het toch niet erg?' vraagt die oen onder
wiskunde. 'Dat ik met Ina naar het feest ga? Ze zei
dat jij geen zin had.'
'Nee hoor,' zegt Jef. 'Je gaat je gang maar. Ik kom
met een ander meisje.'

Na het laatste uur wacht hij boven aan de trap.
Niemand kan hem daar zien. Uit het raampje heeft
hij een goed uitzicht op de stalling. Ah, daar ziet
hij Ina al lopen. Ze kijkt zoekend om zich heen en
stapt dan de stalling in. Jef kijkt even later op zijn
horloge. Waar blijft die meid nu toch? Ze hangt
daar nu al tien minuten rond! Ik snap het, denkt
hij. Ze wacht natuurlijk op Erik. Kan ze lang
wachten. Hij reed als een van de eersten weg. Na
een kwartier vertrekt Ina eindelijk. Zonder Erik.

Jef stommelt buiten adem zijn huis in. Er zit
gelukkig niemand voor de computer. Twee klikken
en hij is weer in de chatroom.
KLETS MAAR RAAK! knipperen de letters. Hij kiest
KLEINE KWEK en vult Eriks naam in. Later vertelt
hij Ilse wel hoe hij echt heet. Nu JEF invullen zou
de zaak alleen maar ingewikkeld maken.

Ilse is er! SHAKIIRA staat er weer, met een 'i' te veel. Dat heeft ze natuurlijk gedaan zodat hij haar herkent.

'Hoi Ilse,' schrijft hij. 'Daar ben ik weer.'

'Mijn computer ging ineens uit,' zegt ze. 'Het spijt me. Komt door mijn ouders. Die doen altijd zo streng.'

'Je waarschuwde me. Ik weet dat je niet expres afbrak. Ik had gelukkig je foto al.'

'Kun je mij er ook eentje sturen, Jef?'

Jef? denkt hij. Had ik haar dan toch mijn naam verteld?

'Sorry, ik kan je geen foto versturen.'

Helemaal waar is dat niet. Op zijn nieuwe mobieltje zit een lens. Hij kan zo een foto van zichzelf maken. Meer dan een klik is niet nodig. De foto sturen is even makkelijk. Hij durft het niet. Nu vindt ze hem aardig, maar stel je voor dat hij tegenvalt. Misschien vindt ze hem op de foto lelijk. Of nog erger, veel te jong. Ze denkt nu dat hij al bijna examen moet doen. Wat een gedoe! Was hij maar eerlijk geweest ...

'Jammer,' schrijft Ilse, 'je ziet er vast wel stoer uit.'

Gewoon vragen, denkt Jef. Uitstellen helpt niet.

'We hebben zaterdag een feest.'

'Ik ben dol op feesten!' typt Ilse meteen.

'Natuurlijk ga ik met je mee.' Jef slaakt een zucht van opluchting. Ging dat even makkelijk ...

'Waarom spreken we vandaag niks af?' vervolgt Ilse. 'Om half acht bij de Gaal van Elschot?'

Jef kent het terras van de Gaal vrij goed. In de grote pauze zit hij soms met vrienden op het terras. Een colaatje drinken, misschien een broodje kroket.

'Is half negen ook goed? Op donderdag eten we altijd laat.'

'Prima. We spreken af voor het café, niet erin. Als het druk is, kunnen we elkaar anders zo moeilijk vinden.'

'Doen we.'

'Jij moet mij aanspreken. Ik weet niet hoe je eruitziet.'

'Ik trek mijn T-shirt van Broken Arrow aan,' belooft Jef. 'Dat is zwart met een gouden draak.'

'Net als op hun eerste cd. Tot half negen dan.'

De naam SHAKIIRA floept uit.

5. De afspraak

Jef schrokt zijn eten naar binnen. Daarna rijdt hij
door twee rode lichten. Hij is te ongeduldig om op
groen te wachten. Om kwart voor acht staat hij al
voor het café. Veel klanten zijn er nog niet. Twee
kerels en een vrouw bij de bar. De vrouw is Ilse
beslist niet. Hij voelt in zijn broek. Ilses foto zit
veilig weggestopt in zijn kontzak. Niet dat hij die
foto nodig heeft. Hij zou Ilse uit duizenden
herkennen. Grappig, zo bekend als de foto hem
meteen al voorkwam. Alsof hij al jaren met haar
ging. Zelfs haar naam klonk vertrouwd.
'Ilse, Ilse,' zingt hij zachtjes voor zich uit. 'Jef zijn
Ilse.'
Hij wrijft over zijn armen. Kippenvel. Een T-shirt
was toch niet zo'n slim idee. De zon is onder en
het wordt al snel kouder. Ik moet naar binnen,
denkt hij. Zonder een beker hete chocomel vriezen
mijn kaken op elkaar. Ik ga voor het raam zitten.
Daar zie ik haar beslist aankomen.

Om acht uur begint het café vol te lopen. Voor de
zekerheid gaat Jef toch maar buiten staan. Voor
het café had ze gezegd. Jef kijkt ieder nieuw
meisje hoopvol aan. Twee hebben groene ogen.
Éen met net zulk haar als Ilse. Geen enkel meisje
lijkt zelfs maar op zijn nieuwe vriendin.
Half negen: geen Ilse. Een auto toetert keihard,
vlak achter hem. Jef draait zich met een ruk om.

Koplampen verblinden hem. Hij struikelt achteruit en de auto trekt brullend op.

Jef kijkt de wagen boos na. De achterlichten zijn gedoofd, ziet hij. Wedden dat het expres is? Zonder lichten blijft het nummer onleesbaar. Vast een of andere rottige dealer, denkt hij. Zo'n kereltje dat het heerlijk vindt mensen te laten schrikken. Jef kende het type auto niet, maar hij zag er duur uit.

Ilse is om kwart over negen nog steeds niet komen opdagen. Een vrouw stopt naast hem.

'Ga toch naar huis,' zegt ze. 'Die meid komt heus niet meer. Je wacht hier nu al meer dan een uur.'

Jef is te verkleumd en te treurig om een gevat antwoord te geven.

'Ze zou om half negen komen,' mompelt hij.

'Ga naar huis,' zegt de vrouw. 'Bel haar daar op.'

Thuis is het doodstil. Zijn ouders zijn naar het koor. Zijn zus zit vast bij haar vriendje. Die is niet voor elf uur terug. Jef heeft zich nog nooit zo ellendig gevoeld. Zelfs niet toen Ina hem afkatte.

Op de tafel strijkt hij de verkreukelde foto glad.

Ilse lijkt hem nog steeds even mooi. Te mooi om waar te zijn, denkt hij. Daarom kwam ze ook niet. Ze is een droommeisje. Ik heb haar verzonnen.

Hij weet verdraaid goed wat er gebeurd moet zijn.

Ilse kwam wel degelijk. Misschien wel even veel te vroeg als hij en stond ze in een portiek. Of in de schaduw van een boom. Zodra ze hem zag, wist ze

dat het niks was. Ze vond hem vast te jong. Te jong en te mager en te lelijk.

6. Ina's ogen, Shakira's haar

Jef trekt het toetsenbord naar zich toe en start de computer. Prompt kijkt hij recht in Ina's gezicht. Bah, hij heeft haar site aangeklikt! Zijn ex wuift. Jef krijgt een brok in zijn keel. Ina's groene ogen kijken hem aan. Ogen die net zo groen zijn als die van Ilse ... Net zo groen? Hij grist de foto van de tafel, houdt hem naast het scherm. De ogen zijn precies hetzelfde. Net als de wimpers en de wenkbrauwen. Zelfs de sproeten kloppen.
Dit kan niet, denkt Jef. Dit is te idioot voor woorden. Hij weet niet of hij nu bang of boos is. Allebei, besluit hij. Woedend en doodsbang. Ilse is niet echt. Iemand heeft Ina's ogen gebruikt. Ze in Ilses gezicht gezet. Dat haar! Ik dacht al dat het zo op Shakira's haar leek ...

Hij vindt de juiste foto op Shakira's laatste cd. Elke lok valt hetzelfde. Ilses haar is bruin, niet blond. Dat maakt weinig uit. Het is een kleine moeite om blond in bruin te veranderen.
'Geef je e-mailadres nooit,' had zijn moeder gezegd. 'Je hebt soms zulke rare lui op internet.' Hij is gelukkig voorzichtig geweest. Ze weet niet wie hij is. Zij of hij. Het was vast niet eens een meisje. Iedereen kan een valse naam opgeven. Maar waarom heeft die figuur het gedaan? Waarom moest hij juist Jef hebben?
Ilse. Ineens weet Jef waarom die naam hem zo

bekend voorkwam. Als je iets op internet zoekt, gebruik je een zoekmachine. Je tikt een woord en hij zoekt daar de juiste site bij.
De zoekmachines hebben de vreemdste namen. Google, Altavista. Of Ilse.

Jefs computer geeft een tingel: er komt een nieuw mailtje binnen.
'Je hebt nieuwe post!' staat er onder de vrolijke postbode. Op het scherm verschijnt een foto. Hij komt langzaam door, lijn voor lijn. Daar klopt niets van. De computer hoort eerst te vragen of Jef zijn post wil openen. Pas als hij 'ja' zegt, krijgt hij een plaatje te zien. Iemand zit aan zijn computer te klooien! Het laatste stuk van de foto gaat ineens razendsnel.
Maar dat ben ik! denkt Jef. Zijn gezicht lijkt spierwit in het felle licht van de koplampen. Zijn mond staat open van schrik. Dat was voor het café, denkt Jef. Die auto die me bijna omver reed!
Onder de foto staat een stuk tekst. Hij leunt naar voren omdat het wel erg kleine letters zijn.
'Ik wilde eerst zien of jij het echt was. Ik heb je dertien jaar gezocht. Nu heb ik je eindelijk gevonden.'
Dit is waanzin, denkt Jef. Mij dertien jaar gezocht? Ik ben zelf net dertien.
De computer tinkelt opnieuw. Een nieuw mailtje. Jef aarzelt. Domweg uitwissen? Nee, hij moet weten wie Ilse of die Shakiira is. Hij klikt op het mailtje.

'Je hebt mijn bericht gelezen. Mooi zo. Waar ontmoeten we elkaar? Deze keer kom ik. Op mijn erewoord.'

Het is geen kind, begrijpt Jef ineens. Niemand in zijn klas zou ooit 'op mijn erewoord' zeggen. Dat klinkt veel te ouderwets. Uit een boek van Dick Trom of zo. Hij moet ermee kappen. Gewoon op geen enkele mail meer antwoord geven. Wie dit ook is, beslist niet het meisje van zijn dromen.

Hij zet de computer uit. Jef zakt in zijn stoel terug en masseert zijn stijve nek. Veel helpt het niet. Zijn spieren blijven keihard. Wie doet zoiets nu? denkt Jef. Spelen dat je iemands droomvrouw bent? En waarom?

Op de tafel gaat Jefs mobieltje twee keer over. Iemand heeft hem een sms'je gestuurd. Hij drukt met zijn duim tot het bericht verschijnt.

Waarom zette je me uit???

Ik wil je zien!!!

Jij bent de enige voor mij!!!

Ik hou van je!!!

Hij heeft mijn nummer, denkt Jef. Al mijn nummers. Niet alleen van de e-mail maar ook van mijn mobieltje. Jef staart naar de boodschap. 'Ik hou van je!!!' Waarom maakt juist die laatste zin hem zo bang?

Jef sluipt door het huis en knipt alle lampen aan. In de gang hoort hij de telefoon rinkelen. Jef verstijft. Hij is het! Nu weet hij ons gewone nummer ook al!

7. Jij bent van mij

Niet opnemen, denkt Jef. Gewoon laten rinkelen!Na de tiende bel wordt de verbinding verbroken.

Zijn ouders komen om half elf thuis. Jef voelt zich iets veiliger. Iets maar. Hij ligt de halve nacht te woelen. Het stomme is dat hij zijn ouders niets durft te zeggen. Ze vinden dat chatten toch al niks. Het moet een hacker zijn. Iemand die computers kraakt en virussen maakt. Voor zulke lui kun je niets geheim houden. Maar waarom moest hij juist Jef hebben?
Ten slotte moet Jef toch in slaap zijn gevallen. Zijn wekker gaat tenminste af met een luid gebliep. Hij opent een oog op een spleetje. Bah, het is écht ochtend. Buiten wordt het al licht.

Jef zit boven zijn bord te gapen.
'Beetje laat naar bed gisteren?' vraagt zijn vader.
'Ik kon niet slapen.'

Op school gaat het niet veel beter.
In het derde uur schopt Shiro tegen zijn enkel. Jef schiet overeind
'Wa wat?'
'Je snurkte, man,' zegt zijn beste vriend. 'Je kin hing zowat op mijn tafel.'

In de pauze gaat Jefs mobieltje over. Een sms'je.
Rustig laten zitten, denkt Jef. Ik weiger om die
onzin te lezen. Zijn mobieltje gaat opnieuw. Net
doen alsof ik er niet ben. Na een tijdje geeft hij het
wel op. Als niemand antwoordt, is er geen lol aan.
Weer een signaal. Drie sms'jes al.
Een kwartier later houdt Jef het niet meer uit. Hij
roept het eerste sms'je op.
'Ik moet je zien. Jij bent van mij.'
'Jij bent van mij' klinkt akelig dreigend. 'Ik moet
je zien' trouwens ook. Wacht eens, er staat geen
!!! achter de zinnen. De beller doet niet langer of
hij een kind is.
Het tweede bericht is een foto van een baby. Geen
baby die hij kent. Waar is dat nu weer goed voor?
Daarna een foto van een grafzerk. Lastig dat die
foto's zo klein zijn. Hij houdt het schermpje vlak
voor zijn oog. De foto is te grof om de naam te
lezen. De datum gaat net: 9-3-1991. Maar toen
werd ik ook geboren! denkt Jef. 9 maart 1991.
Waar slaat dit op? Een baby en een grafsteen? Wil
de beller zeggen dat ik nooit had mogen leven?
Dat ik in mijn wieg had moeten sterven?

8. Ik ga dezelfde kant uit als jij

Na school wacht Jef opnieuw boven aan de trap.
Een beetje laf voelt dat wel. Maar ja, hij wil Ina
beslist niet tegen het lijf lopen. Zijn leven is al
moeilijk genoeg.

Als hij op zijn fiets stapt, snelt Erik op hem af.
'Jef!' Wat moet die vent toch steeds van me? Of
wacht eens, denkt Jef, wacht eens ... Erik was
altijd erg goed op de computer. Stel je voor dat hij
SHAKIIRA was? Gewoon om me te jennen? Eerst
mijn vriendin inpikken en dan voor nepmeisje
spelen?
'Ja, zeg het eens, Erik?'
'Ik, eh, het is Ina. Ik denk dat ze nog op je is. Ze
heeft het steeds over je.'
'Dat is jouw probleem, meneer de cowboy.' Nee,
denkt Jef, maak hem niet kwaad. Ik moet Erik aan
de praat houden. Uitvinden of hij het was op de
site.
'Ina vroeg mij!' zegt Erik. 'Ik wist heus wel dat ze
met jou ging!' Hij balt zijn vuisten. 'Waarom heb
je toch zo pest aan mij? Ik heb je nooit iets
gedaan!'

Erik is de hacker niet. Ineens weet Jef het zeker.
Erik is hinderlijk, oké. Maar hij heeft nog nooit
een echte rotstreek uitgehaald. En dan is er dat 'op
mijn erewoord'. Erik zou zoiets nooit zeggen.

'Laten we geen ruzie maken,' zegt Jef. 'Ik geloof je. Ik weet dat Ina jou vroeg omdat ze kwaad op mij was.' Hij steekt zijn hand uit. Sinds de basisschool heeft hij dat niet meer gedaan. Je schudt elkaar de hand om het goed te maken. 'Ik neem je niks kwalijk, oké?'

'Oké,' zegt Erik en grijpt zijn hand vast. 'Sorry,' fluistert hij. Hij haast zich weg.

Jef grinnikt. Ja dat hoorde er ook bij. Een hand geven en 'sorry' zeggen. Het liefst een beetje luid. Want anders gilde de ander: 'Ik kan je niet verstaan!'

'Meneer, kunt u mij misschien de weg wijzen?' Een auto stopt vlak naast hem en het raampje zakt omlaag.

Ha, ze noemt me 'meneer' denkt Jef.

'Ik zal mijn best doen.'

Hij zet zijn fiets tegen een lantaarnpaal.

'Waar moet u heen?'

De dame achter het stuur zal ongeveer even oud als Jefs moeder zijn. Alleen kijkt ze een stuk bozer. Tussen haar wenkbrauwen zit een diepe frons. Haar mondhoeken hangen omlaag. Ze zien er niet uit alsof ze ooit anders staan.

'Misschien kun je het even op de kaart wijzen?' Het portier zwaait open.

'Kom maar binnen. Ik ben, geloof ik, een aardig eind uit de buurt geraakt.' Ze vouwt de kaart over het stuur uit. Jef ploft op de stoel naast haar neer. 'Waarheen wilt u precies?'

'Och,' zegt de vrouw, 'dezelfde kant uit als jij.' Jef voelt een steek in zijn nek. De auto kantelt, begint woest rond te draaien. Twee, drie seconden later wordt alles zwart.

9. Jij bent mijn enige echte kind

Erik opent zijn ogen. Hij zit in een leunstoel. Hij schiet overeind. Niet thuis. Ook niet op school. Witte muren. Nergens een poster of schilderij. Een raam over de hele lengte van de kamer. Het is leeg en ruikt naar stof. Hier heeft nooit iemand gewoond.

Jef wrijft over zijn stijve nek. Ze moet me verdoofd hebben. Met een naald of een pijltje. Hij is dol op krimi's. Hem hoef je echt niet te vertellen wat er gebeurd is. Vreemd zo kalm als hij zich voelt. Het moet die prik zijn. Hij kijkt de kamer rond. O nee, een wc-pot. Zoiets heb je alleen in een cel. Als je zelfs de gang niet op mag.

In de verste hoek staat een computer. Op de monitor staat een webcam. Zo'n camera waarmee je elkaar op internet kunt zien. Op het blauwe scherm knippert een cursor.

'Druk op ENTER zodra je wakker bent,' bevelen rode letters.

Daar wacht ik mooi nog even mee, dame, denkt Jef. Je hoeft niet te weten dat ik wakker ben. Hij loopt naar het raam en tuurt omlaag. De stad ligt in de diepte.

Ik moet verdraaid hoog zitten, denkt hij. Vast boven op een flat. Zo'n villa op het dak.

Ja, een penthouse. Daar wonen rijke schurken altijd in. Erg rijke schurken. Voor minder dan een paar miljoen is er geen penthouse te koop.

Jef zoekt de stad af. Links ligt de jachthaven met een bos van masten. De toren van de Grote Kerk steekt boven alles uit. Ik kijk neer op de toren, dus zit ik hoger ... Ik weet waar ik ben! Alleen het gebouw van de GERU is hoger dan de Grote Kerk. Ik moet hulp halen. Iemand bellen.

Hij voelt in de binnenzak van zijn jas. Zijn zakmes zit in zijn voering. En yes! Hij heeft zijn mobieltje nog. Het was zo klein dat ze het gemist moet hebben. Net als het zakmes.

Jef toetst 112 in. Als dit geen noodgeval is, weet hij het niet meer. Het blijft doodstil. Geen beltoon, niet eens geruis.

Hij toetst het nummer opnieuw in. Zelfs als zijn tegoed op is, moet 112 het doen. Pas bij de derde keer controleert hij het schermpje. Achter het teken voor 'zender' zit geen enkel streepje.

Daarom heeft ze mijn mobieltje dus niet ingepikt, denkt Jef. Ze wist dat ik er niks aan had. Deze kamer is afgeschermd. Het signaal komt niet door de muren of het glas heen.

'Goed,' zucht hij, 'jij je zin.'

Hij loopt naar de computer en drukt op ENTER.

De vrouw verschijnt prompt op het scherm. Het lampje van de camera knipt aan.

'Mooi zo,' zegt ze. 'Het wordt tijd dat we eens praten.'

'Waarom heb je me ontvoerd, rare trut?' vraagt Jef. Beleefd zijn helpt toch niet.

'Om je te redden. Jij bent mijn eigen kind. Mijn enige echte kind.' Ze is gek. Knettergek.

'Mijn baby,' fluistert de vrouw. 'Hij ging na twee weken dood. Alleen wist ik dat het mijn baby niet kon zijn. Ze moeten hem omgewisseld hebben. In het ziekenhuis was mijn schat nog kerngezond! Ik zocht hun namen op. Alle kinderen die op 9 maart 1991 geboren werden.' Ze glimlacht. 'Ik ben rijk weet je. Computers maakten me rijk. Ze doen alles wat ik wil. Als je maar weet hoe je het ze moet vragen.'

Ik had gelijk, denkt Jef. Ze is een hacker. Iemand die computers kraakt.

'Die lijst was van jou! Al die vragen over meisjes. Die onzin over wat ik lekker vind.' De vrouw knikt.

'Ik ben dol op spruitjes. Mijn kind zou dat ook zijn. En de datum klopte ook.'

'Laat me vrij! Ik ben je zoon niet. Echt niet!'

'Dat zou grote pech voor jou zijn. Ik kan je niet laten gaan, weet je. Je zou vast meteen naar de politie rennen. Als ze me arresteren, vind ik mijn zoontje nooit.'

'Dat doe ik heus niet!' roept Jef. 'Dat zweer ik! Op mijn ... mijn erewoord!' Hij haalt diep adem. 'Ik, ik ben jouw zoon.'

'Ik ben erg goed met computers. Mijn zoon zou dat ook moeten zijn.' Ze kijkt hem schattend aan. 'Je kunt toch wel met een computer overweg?'

'Ik zit altijd achter de computer'

'Ik hoop het voor je. Want anders zul je erg hongerig en dorstig worden.'
'Wat bedoel je?'
'Ik zit altijd achter de computer'
'Je zult elke slok water moeten verdienen. Elke hap. Hier komt de eerste test.'

10. De lift

De tests zijn echt erg. Binnen tien minuten moet Jef een hele site bouwen. Honderd foto's aan elkaar zetten en rond laten draaien. Daarna moeten ze van kleur verspringen.

Om half negen 's avonds heeft Jef één eierdopje water verdiend. Dat en een halve boterham. Ze schoven uit een luikje in de muur zodra hij genoeg punten scoorde.

Dit wordt niks, denkt Jef. Als ik een jaar de tijd had, kon ik het misschien leren. De makkelijkste tests dan. Ik moet ontsnappen. Hij loopt naar het raam. Het is opvallend dik glas.

'Kogelvrij glas,' zegt hij hardop.

'Als ik het kon breken, hielp het nog niks. Ik kan geen dertien etages omlaag springen.'

'Nee, dat zou zelfs mijn zoon niet lukken.'

Het gezicht van de vrouw vult het scherm.

Zie je wel? denkt Jef. Ze luistert mij de hele tijd af.

'Geef je het nu al op?' vraagt ze.

'Voor vandaag wel.'

'Prima. Als je dorst krijgt, zet je de computer maar weer aan.'

Het scherm wordt donker.

Ze trapte erin! Het lampje van de webcam brandt niet meer. Ze is gestopt met gluren. Hij snelt naar de deur. Twee sloten van blauwig staal. Zonder snijbrander krijgt geen mens ze open.

Jef grijnst. Maar de scharnieren zitten aan de binnenkant, dame. Dat is nooit zo slim als je iemand wilt opsluiten.

Hij klapt de priem uit zijn zakmes. Een kwartier later staat hij op de gang. De deur ligt plat op de vloer. Dure sloten helpen niet. Niet als je de pennen uit de scharnieren kunt slaan.

Jef sluipt door de gang. Nodig is het niet. De vrouw woont hier vast niet zelf. Ze heeft hem gedumpt en is toen weer vertrokken.

De vierde deur komt uit op de keuken. Jef slaakt een kreet van vreugde. Hij draait de kraan helemaal open en drinkt en drinkt. Hij drinkt tot zijn maag begint te klotsen.

Jef veegt de natte haren uit zijn gezicht. Dat is een stuk beter zo. Hij loopt naar de koelkast. Hij is leeg. Zelfs geen kaaskorst. Nu ja, dorst is erger dan honger.

Alle andere ramen zijn ook van kogelvrij glas, ontdekt hij. Drie van de deuren zitten op slot. Jef probeert ze niet open te krijgen. Dit maal zitten de scharnieren aan de verkeerde kant. Hij zoekt de gangen opnieuw af. Er moet een uitgang zijn! Een weg naar buiten. Hoe heeft ze hem anders in de kamer kunnen leggen? Jef ontdekt de lift ten slotte in de bezemkast. Hij bekijkt de stalen deur. Geen enkel raampje en maar één knop. Gewoon drukken. De knop kleurt prompt rood.

'Vingerafdruk onjuist,' deelt een vlakke stem mee.

Jef probeert al zijn andere vingers. De liftdeur blijft hardnekkig dicht. Hij knielt en zoekt de randen af. Nergens een kier die breder dan een haar is. Dan begin je zelfs met het beste zakmes niet veel. Dit is de deur naar buiten. De enige. Hij moet een andere manier vinden.

Hij veert op. De computer! In de huiskamer naast de keuken stond een computer. Met een beetje geluk is die niet beveiligd. Ik mail iedereen die ik ken! denkt hij. Ik vertel ze waar ik zit en vraag om hulp.

Het is bijna te makkelijk. De computer vraagt niet eens om een wachtwoord!

'Waarschuw de politie!' typt hij. 'Ik ben Jef Brons. Ik zit gevangen in het gebouw van het GERU. In het penthouse op het dak. DIT IS GEEN GRAP!!! Help me.' Bij 'versturen naar' typt hij het e-mailadres van zijn ouders. Daarna die van al zijn vrienden. Van zijn neven en nichten. Van zijn oom en tante in Laren. Zelfs dat van Ina. Hij klikt op 'Verzend berichten'. De boodschap wordt regel voor regel gewist. Hij sist van schrik. Zo hoort het verzenden van een mailtje helemaal niet te gaan! Nieuwe zinnen glijden over het scherm.

'Sorry, maar ik kan je niet met vreemden laten mailen. Vreemden begrijpen niet dat je eigenlijk mijn zoon bent. Nog bedankt voor de e-mailadressen. Nu kan ik al je vrienden en kennissen geruststellen.'

Ze had andere camera's! denkt Jef. Dat kreng heeft me al die tijd in de gaten gehouden!

'Wat bedoel je?' schrijft hij.

'Ik stuur hun deze boodschap: Hoi allemaal, ik moest even op mijn eentje zijn. Waarschuw de politie alsjeblieft niet. Maandag horen jullie weer van me. Ik geef jullie een wachtwoord: Apekool. Vraag aan Shiro wat het betekent.'

Jef verstijft. Ze weet zelfs onze geheime code! Een leerling zond Jefs beste vriend steeds rare e-mails. Die figuur gebruikte daar Jefs e-mailadres voor. Shiro en Jef spraken ten slotte 'apekool' als code af. Zonder 'apekool' erin was een bericht van Jef vals.

11. Wc-brieven

Het is zaterdag, half negen in de avond. Jef kijkt droevig naar de lichtjes van de stad. Nu danst Erik met Ina op het schoolfeest. Zij wel. Wat is dit ontzettend shit. Een lege maag, dorst en niet eens een vriendin. In de ochtend bleek de kraan geen water meer te geven. Vrij drinken was er niet meer bij. Jef heeft die dag een broodje knakworst en een beker melk verdiend. Geen kruimel en geen druppel meer.

Zijn oog valt op de spleet boven het raam. Vast voor de frisse lucht, denkt Jef. Jammer dat hij niet breder is. Dan kon ik mijn mobieltje naar buiten steken. Door deze spleet kun je hoogstens een papiertje schuiven. Een brief! Ik kan een brief schrijven. Naast de toiletpot hangt een rol wc-papier.

Jef klikt het licht uit en gaat op de matras in de hoek liggen. Ik doe net of ik meteen in slaap val, denkt hij. Een uur moet genoeg zijn. Ze blijft vast niet langer dan een uur naar een donkere kamer turen. Voor de zekerheid houdt hij nog iets langer vol. Pas om tien uur slaat hij de deken terug. Zo stil mogelijk nu. En laat het licht uit. Met zijn balpen schrijft hij zijn noodkreet vijftig keer op. 'Help, ik zit gevangen in het GERU-gebouw! In het huis op het dak. Mijn naam is Jef Brons van Kruisstraat 16. Bel de politie.'

Hij wurmt ze één voor één door de spleet. De

blaadjes fladderen weg in de nacht.
Ik heb gedaan wat ik kon, denkt Jef. Laat iemand
alsjeblieft een briefje vinden. En de politie
waarschuwen.

Het zoemen van de lift wekt Jef. O help, denkt hij,
ze weet van de briefjes! Nu komt ze zelf naar
boven om me te straffen. Hij sprint het huis door.
Een wapen! Ik moet een wapen vinden. Me
verdedigen. Wacht, in de keuken hingen kastjes.
De deurtjes waren van eikenhout. Loodzwaar spul.
Hij wrikt een deurtje los en snelt terug naar de
gangkast. Jef tilt het deurtje hoog boven zijn hoofd
op. Ik geef haar een dreun met het deurtje. Zodra
ze uit de lift stapt. Het lampje licht rood op, dooft
dan. De deur schuift open.
'Sta!' brult een keiharde stem.
'Geen beweging!'
Jefs deurtje valt van schrik uit zijn handen.
'Wat? Hoe ...'
De voorste agent laat zijn pistool zakken.
'Ben jij Jef Brons?'

'Ja, hij is het! Hij is het echt!'
Erik van der Hoeve stapt uit de lift.
'Je mag je vriend wel dankbaar zijn,' zegt de
agent. 'Hij zag dat die auto met je wegscheurde.'
'Je liet je racefiets tegen de lantaarnpaal staan,'
legt Erik uit. 'Zonder slot. Dat klopte niet.'
'Hij noteerde het nummerbord,' zei de agent.
'Weinig burgers zijn zo alert.'

Erik, denkt Jef, mijn grootste vijand. Erik de Ina-
jatter. En nu moet ik hem nog dankbaar zijn ook!
Hij voelt zich absoluut niet dankbaar.
'We hebben de wagen nooit kunnen opsporen,'
zegt de agent. 'Volgens onze computer bestond dat
nummer niet eens.'
'Dat verbaast me niks,' zegt Jef. 'Alle computers
doen precies wat zij wil.'

12. We zullen uw huis bewaken

Het is twee dagen later. Jef is met zijn vader op het bureau van politie.

'Dit is idioot!' brult Jefs vader. 'Jullie weten wie ze is, maar jullie doen niets!'

'We hebben helaas geen bewijzen,' zegt de inspecteur. 'Het penthouse stond niet op haar naam. De auto had een vals kenteken.'

Jef zegt maar niks. Mensen als Ilse kun je niks maken. Ze zijn te rijk om ooit in de cel te belanden. Als de politie haar oppakt, staat ze een half uur later weer buiten.

'We zullen uw huis bewaken,' zegt de inspecteur. 'Meer kunnen we niet doen.'

'Daar neem ik geen genoegen mee!'

Jefs mobieltje gaat over. Een sms'je.

'Je bent mijn zoon niet. Mijn echte zoon zou nooit zo stout zijn om weg te lopen.'

Ilse. Jef hoeft niet eens alle nullen bij de afzender te zien. Ze wil me niet meer! denkt hij. Ik ben veilig ... Jef pakt de mouw van zijn vaders jas vast. 'Kom papa. We gaan.'

Thuis start ik de computer meteen, neemt hij zich voor. SHAKIIRA was nep, maar er moeten toch meisjes met groene ogen bestaan? Die van Broken Arrow houden?

Zoeklicht spellen

Zoeklicht spellen zijn ook zeer geschikt voor kinderen met dyslexie of andere leesmoeilijkheden, maar bovenal een uitdaging voor alle kinderen die dol zijn op spelletjes. Zoeklichtspellen wil je blijven spelen!

Code X

Kraak de code! Zet op alledrie de plaatsen een letter. Zie je een woord? Dan heb je de code gekraakt en krijg je een punt. Nu mag de tegenstander zijn code proberen te kraken. Jouw code verandert dan ook. Let dus goed op: misschien kraakt je tegenstander jouw code ook en krijg je weer een punt. Wie het eerste tien codes heeft gekraakt is de Meester-kraker!

Spot

'SPOT!' Gooi de dobbelsteen en verplaats je pion op je eigen speelbord. Kijk of er andere spelers zijn die op een vakje staan waarin dezelfde letter voorkomt. Roep: 'spot!' en word de 'Hot-spotter' van het spel! Zie, spreek, luister en overwin!

Andere spannende Zoeklichtboeken

Een gemeen spel
Simone houdt erg van zingen.
Het liefst zingt ze de hele dag.
Als er een talentenjacht wordt gehouden,
geeft Simones vriendje Manu haar op.
Ze zingt de sterren van de hemel.
Tijdens de volgende ronde gaat het nog beter.
Iedereen vindt haar super.
Of lijkt dat alleen maar zo?

Raven in de lucht
Mat woont bij meester Jacob.
Het zijn woelige tijden,
maar de oorlog lijkt nog ver weg.
Dan worden ze overvallen door Franse ridders.
Mat vlucht.
Gelukkig ontmoet hij broeder Otto.
Met hem reist hij naar Brugge.
Maar daar is de oorlog nog dichterbij …